石川透編

室町物語影印叢刊 4

酒呑童子 伊吹山系

異本伊吹山繪詞

それ日本我朝は神国天神七代地神五代なれ
人王の代となりて君やうやくたいしくしめて仏法
をこなはれ給ふ事おほくして人ゝをとゝめしむ文
たかれあしかりこのこゝろも天子のわ人あまたは
ことにすてもふかくおほえたてまつるものをそれとも
歌のこともあはれにしてさる人ゝをあはれにはしめ
唐朝くもうしけう武の人のいつしへうかもたへさる
さはくしふや風月をうかしてうそこをすらさす每
ころかふして詩ちうかをやからそつくとあそんたん
小人ゝまくくしたのしくゆくさありなあん法くに
一家頼乃けいまいしてあとまつらんしはいるさいへる

ほうらいをもとむなりとてもはかなくふかき
にしてはるかなるあまの原ふかくくらいいろくにさをと
いつ事もしらさりて唐国いらへとおもふ亀ふかき心まもり
なりかくて後はふかけのちよし人法名此有人なき人
やまとの海をしきふかくめくりてけし時にあるまいり
まつりたにもかくれのこともいつまてしるおほ
天下のおやきこえみな人をさへいまのことあり
後はしかくるはかなきあふ人あるましきをかく
まことそやけるさるにはかるきのまそこそ
きこゆる人これもたかまうすみめよかんなれ
けるあかりしちそこふかるをしめやかめ八十人か

ちよ代にはもちゐつ文字ことゐのこゝろせいかなと
ひとしく道をあけきかたふむとしていふゐする
ふかきよきをあまりあつとかきとおほ風くせなは
天下代はうつらぬ人こんのおけきたへしりあしいつ
まゝのこゝろたゝ何りめかこるとし文かまゆ人かきつらさ
ともきりしつらかつそいするもそう風人にもあらあたく
いつくせんとあけきさあしむまりか乃事あられさい
きられとし天下代はけるあもたかのいくゝちゝらしあと
せ国かつてかくをきろ会きやうあらりえりかへりける
ちよよに風乃ちつあこ人国ゝあこえやとや人おかし
えり清つとの由おかしめてきくして こゝろつたなら

にあきころもちゐるかならきといひてなほなる
かくもちあかりてあらまほしかりきこしめさるゝ一人
おいりゐてくにかさねたりけれは国王此
はあはいかにせん世にかきりのやまとをもかきりつき
なを世にたえ衣此やまひ人にいとはしう思ひてよく見て
たまたまのちりとめのとなるなとなりけれは
あらす天下にあるまじきちからをもつ人にはあらす
あまりの此中納言やまひにかゝりたるにいとこゝろ
らうたきところ構へのうへにもあけて
ゐり人思ひあらはしめさなきやまとこ子ともかまた
ことからを五人十人よろこひて世にたくひなし

かき人のいゑさきをとふしかゝくきこえもかなりけり
給ふらめそのみ給せいかゝくいふみまいらせ井ともちの人
侍りけりまいらせそふかたなるをきかすゝてとしかりしと
かくする所のたゝかひありて人ゝのあくつまるをのもおそれ
おなしふらあいさる事かものあふ所ありみせしめ
いよいよしくのまいりて我執獨の身に生れ
ゐいるを男にあまりけるへらくゆるまゝせゐけり御の
事に付てもゆるゝわすゝれのつかれ哉一人
の子をは長男にかくて大臣のゆからよりもさな
くあらさりせぬをつくしとおりけるも　しらく
さうらひてなかりゆれかゆのうちをしとうりあかつ

猿かくへくいまつて留かゝらぬすゝろとあい
見せ給へとそ仰ける
清明七日七夜たゝまいくしうらあいしんくへ祈しまく
かの国へまいそてまつるかの人にいかく都より下ふ
こゝのさゝをせんちやうのうけといふ所よ留やなり
すゝるちあいのすゝらありかのたかめ出ちらさし
あり誠あ君かゆまうさそあつそ我都着をわそ
かあふの留やのつゝしとの主そちまそ我うう
人によろつくいあらんとさとう国万乃ことあり
君のけにかゝえあらいかしして何事もやあるゝ
わかれまつおけんかんをかく　やんてそうへす

さる程にもろもろの僉儀あつて諸家も儀をこそのへられ
しかるに弐大臣申されけるはむかしもろこしにありしあつまを
けいあつまりかたりしかやうの天子の御宇に
人民おほくそせうの国主代なけきしとて申されけり
かしこき時つくりおかるゝ大躰かちよくとりつけてこそ
そせうも絶しはよくやうやく人のうすなれは
こうまりき今の代にはさまてのよにまされそすへき
かうけんのそうしもありけるうへにもまことある事の心をあんしける
に天下はふしをおかるゝ事かなそこそめのとをせられ
ほうたなありつてに摂津守親光とやらせいわてま
のつらねんとしてかけのこそさるもりちからく人に

ましけれハなうしたまふ人ならハなにとてなきよしきもの
ろつゝあるにきのいは人にすゝれ弥海とそまへ
日本のせんあくをきこり見るれたよるにそすゝ
ましく武弥興しこれをかつて人まし　たゝ
それゆへしせんしをかまりてせらいとせふ所
乃てゝてきゝたゝいらけれとふかみふちつても
今もあることゝ武ね残ゝとしされよれか弥の日
さそ武あめされあら〱の〱みつくさ乃
ましくれくハ小自是非あてゝに因せられるを定至
とまことに得るゝ時負賞季武をゝハ無
罪見そあるる利國賞をしひ給下は則まことなかよち

てんたいをうけてちよくてうをたいらけかをを天下
にかすり九郎くはかくのり給ふはたゝ國王の命
しうけたまはり國主をまもること万民をかへりみしをもれ
きういてせんとなりあくまをすみやかに悪事のもとを
是丸かたあるはふかきてうてきまうりいふきのすゑう
せんまうけといへる悪魔ありいさきのころふ
おりむきて悪非をおこなう國家のつきとお
るを起あ万民のなけきをとゝめ九ゝうけ
まはならひなきちう せうなんちうたるはをさたへ
のあいよなるへしとて作られたり
を報る米天ちうをうけゆく ゆり若不海にて

門天王の告とゝもにしめさせちかひせられけり御本事の
しるしあらはさるゝ人々のちからをそなはりけり仏
神のかこもおのゝ恵ゝ国のしめ民のたのみなれ
かなところ神明にけむあらはされのあるへきとなくうち
つらふさんけいしていのりやされけれ毘沙門ハ慈悲
深くなりこゝろ深くしてよろこひたまひ
なふむもり別條のかはりいつとしてもかはりなき
それは金財ハ信者へまいらせさせたまふ
あけかうすの二両をとらせしめてかなはいのたふ
しるしをあらはせたり
毘沙門の誓ひなるは富貴もいよ〳〵大願ハ叶給ふらん

なく□らぬあしくすへしこれか保昌をかくらいは
へしとそつかうまつりける都合六人各々あんく小松盤
ろく宮て山伏のすかたにそなりておいをうちかけてはく
うけられけり新発意のおいの中には酒をとしのはせら
れさる師子王といふかふとをそへられけるも
きりとくゝ二かはなるさきあり一尺一寸ありけるたちをさし
おそへられける保昌かむすひ紀をとゝめさせら
あまさる鬼きりといふ小長刀の二尺あまりありけるを
あつこにとうちきりはらふところ来たりけるにまつらく
てつるの尾をとりて秘しまいらする海せられけるを
さへらくへられけり總かりくさのたくまへさる置さらり

れいふくちからを二人あまりありなるをさりたる里
よのかみもちかくしらへるすなはりみせてあと
あつけらく竹のよを一つたいなけり給ひて六人部と
ふらく近江国いふきのかたにふ付なるたかちふ山をたく
てせんちからつけをへしふかさわれのちからにて
とのたそえくるる
さそくもかほの山をきてゆきをすきもいらしとかうし
つまるつし魂おさまく有方をしまいめてへ心ゆうかひへ
あかるしまするすいまふをたくきせんここらつせんとしてそ
おかくなる堅くて出る中の猪ま大野ろうのありあり
あなありくみつふにまふ家ありあまりなるかたこ

二人出仕一人まいり侍るなれは忠氏か恩の次第く
比とおほく人にわかれをかなしく九のおもひをとゝめ
ちやうもんものかは我等身のつまりしるへきまかせてうらくか
はらはんをはらけあるもあしくいかなしくもつひ
かうくらうさるはおもひしらるゝ人をとゝり懐かしみ
うちは安内をしる又居すゝむあとろ見とて参
まいりてのち綱はしめるやうか邑か務國勝の行人
あくしかの居るはしまかいく有のとそとかいつれの所
とうとそ大居へかわらせ給へ有てつきそとかくか無か生
ろしやいかなるひとちかなれはしめあり給ふかなくたれ
うそうそく見きてくし世人ちかうへうけたまはりの岩

既にに有りて人々の法問の人は秀たる名あり　あやしき
又露ありのむしつよ山よりせんちやうして　十八九
とやするしるしかなかりけり　あの山乃ありけるよ鬼か岩
きこてありさまにまことにこそおそかのはしそくとしう
こあそひしく人にやくしはりあらとこそやなる
鬼とよや鬼と鬼のかるはくなくなくならす
鬼はこきうりつきく人をなかへこうられけるさると
こうらんかるかるは昔かはらくとしらいちうり計
みてかるいかくく年月をは昔そおもうりかや
かへくもらもさおもへうらせくくとも人さまうし
みへんのくくなかりせるこ　いく入あきんくりしくやんさん

ところちくしゆきしのくにりいふはけりのく心得させら
人とく〳〵渡させりいく〳〵すかなりこらへの中よ
もうろへとかゝりてさうし中をはいくらりおもきあきころ
うきを記しくてやゝかくくのきはうをえうまかく
孫人し孫ゝ有あつのまつくかくうりあふ親しもちくら
とあり也やさんかふゝ気やのまつ海よしらうつく
辛く〳〵ゝらるうしくおもしくやへし　せんきも万ことの紙
そうしてもういあくらきく人のちくら涼しそくは如く
かゝすかへうし紙路のこゝろをもりそかくり孫人存
ましとに二人ゝまけりそや名る人の引くとのくてこす
てハ孫しるかゝり孫しいれぬ米定いくる紙はる力を

そくなふつゝとなかりくまかりめくゝあふりの
まくにそかくりなおるこゝ時まきよおそりけ每
わさかやさくし思もさけを歩してのまく方此
うをのたをもさつらを打とるぬそら鬼し酒を
後くのまゝやくめんくか鬼しまゝく一口しまいらぬふ
兎らら心是かさるゝちとぐの酒みてしやとくいち
より酒をとわいてしかくくぬくゝ忍のあさくゝみそう
入くりゝたる又ろくしらふをを一とかもし承貴
にらひとそこれをかとこえのりよこゝみかへ
け鬼とかや神便鬼毒のまゝをまとりてその人を後して
人のこゝろのまゝらまてさるりみ鬼ゝみのふとをいふゝこゝめひなか

そこをたちてゆかへあるへうさて又その男のほとく
こしあるうちきぬあらはにかきなしくたさりけるそ
やさしかりける
かのおとこか弟をさそひてみれは人をたのみて
いとめてたくこそおもひけるすくなくなく
おもひしとて三人のものゝあはれなるをおもふにつけ
をとこえあはれなるをしりてまいらせ人かなしく
こたへてもうらみきぬのうへのあはれなるを
かなしかりてしらぬもちかひしやと
つきあはれとの給へはのち言ひあはせるなとて
そのことをあかしすへてまう

みせんしゆへかゝけとやかに見ゆるふかくつるぜんじゆく
まゐるはるゝをこゝさ珍しき名所名物をきはめ
てんのかみしちにあしたるせんしる春はたくこう人の
ゝゝをさきまよしそくみる時おさうしまさるを文竹
鏡をもてあはれをうち（あるは）或年をとりてふりかへ
せたり
げ人くのみ勝負事代々かゑさてよくもりきて
あめりしをかりくや容に大事名物あり所に
則にてくみるにゝゝき見さりあしせんにし新律
なおとおさつきいにけあし継もくいこゝ人をせん
こゝもしてもしれくなしあしゝのつもちしやつまのゆるさい

のなかなるむさしにてありけりたゞ海よりかしし上し
みはいりそまさるつきことそあはれし今かぬるつゐ
もすきぬらんとなりけりよたくしとあるさき百めそ
ありける川一つあれりせんゝちのあしまるか
けり川よ渡さてそのかたへ一城のうちまそちくらを合
や風しなかりし思る給ふて一神まへに帰
ならあふ〳〵まんさゝらしらすのこえけんのさらしゆきね
とそうきゝけるとやかてそゝせ給ける
かくりなれは都をいてのへくもしまし給になりしかは
かえるくいふくいさる母ゆるきてしや河よ渡ゆまくそ
のりたるにつふいつ十八九計なる女房乃すゝく

はしふかのなかるゝ川のこゝろふかきかたちなとあらはしゝより
なかりける人にて云つたへていふなる人そ又何と〳〵潤色
あらし給ふそらことうらみかれは猶あらしいひなしてふかく
なくなりかゝる事そなきやてあり〳〵あるさまをおもき
えらくやけるかあらぬものをやうかへつゝある人にてあはれく
しけるまた大事の給ふ人のつゝみの人あるかたなかりし
なる涌はいひていひきゝなりけむしるとそやけるかし
人こそ是かいふ女男のけんをとくかまらをたふらきん
とかくいふを度人しるふやとそよりもわかる
纔からなりてやなるはけ男つゝある人そおもひとき
うしろ見は女房なとやかゝ物語さしへめ

わかく侍りし也さてその春のころおほかたこられく
まそてにうしきさくなるりしをやうきち今
まてあうらくうくよあに都ありしうらはしうあそくう
代々の人にましふに侍りし也さてうつくしくかたりしめす国くく
のこはあはせにしまくこあらしまへ也かくよとりをさし
るんくをはよは人庭にあかをちりちをし
たかとく個とうけ武蔵のきをもらとされ
うりくるしきとすこふ家の中書とみえ
けるのこはあはせをとりしそてまうりうらうら年になり
よいるをしく競ちをちかりくちをいつくしいつき
たちに侍る所よ又くるくりとあつくいのちをとくれけ

ぬこゝろ地獄にちゝはゝくるしみをえん人につこりて
すくせゆゑかゝらうかゝ書てすゝきるころからふ
こゝかやゆゝ母あわられくいのちとこしなへ人すら
人とそさめしとそなきふける

是より右ふしくえんなり

その時新発意の御し給ひさらく都へたよりせられけるに
いつみかんとてありとかそとごしみへ女房やけるか
我是中比は川の花そのむきあふくはありせうし
あしたゆふべに猶きらたちまちたらいに同役人合
あるときかようはまくらにみて稚児をみしはちよ
このとき〳〵といふしるあらりしくやかすりしてなり

なりし乃あまりにふるまひ大かたの闇をは見へいつゝく
からさんともかもんとてこゝろ入ぬまじくてなにとてこゝろは
なうはおもひさめ侍て見しかも露の命ともしれ
らへくかりつくおもはれつき事やうらんやあるしある
あまりに名も知かくつり給ひてかまへとくしちうつかくこと流
あたへおきしくあとおもひてふつらぬ給へて涙をおし
ける家人の給はぬ家らはさてあるれたまひし御すゝ
ふうるあかりのとかなりし人のかたく女人し給かりぬつく
しかへおりしきなり女房殿のうちみかのすゝみのあり
母おしくかへまつらん思ひをとめりして給ひてまかなら
とも知人かしぬ世にてまつらんとの給ひにかられぬ女房あの

めなりきとうの殷山しくやく宮の内には河のほとりに石の床あり
あり又大なるらうの池の門にのまゝ
肉林よかけてつき思ひて三千人毒酒に酔ふ也
こゝなくみなくして大なる石をならべみなく出来てを流きことと
ろし石の床にちよつき酒をなして　らうの所の戸をた
てその内四方四のくにゝ春夏秋冬をうつしてなり春は
柳桜をうゑならべのきの梅はかほり深く人々を
ほくつる夢乃さかりくなそなかりける夏は池の蓮
なときみもれ山かくしきすれつゝ思ともうし
なからの花ちらする雅袖なるにおふる人は
秋乃すゝきなく　萩なく風よ夏さかそも夜まてうら

月もすむ方は木末の心もち葉はいて時雨ふら
ぬあめふらん荻くすさむ虫乃音にいとゞ哀をそふるを
みかの宿しきやいろしるみさゝらのうりはこちね
まつはむれねるらすゝ一しかるこうけの露をやいとゞ
むすばんとゆく宿は侍りつるを木乃梢はちら露
も花よ涙くゝぢりやさきを木ゝし身ふしむ
宿の絶あそこゝにねうきも衣ぬなれかたるよ
めそゝきその内よろこびはみろうあやれ松とあうけ
て夜はその月はすこしまちて十人斗集るかはらせよ
りまちあふらをさてすゝられ明書はけむとゝもにいう
侍られあしくらうとはつゝ女人の尺の国もすぎや

男此歌のしまもくるりあるしこそや御前又はいくらいきを
ころしあさくさらせりとて男ちまとなつけて墨絵を
海門あたりしまちまとなつ守くあしらへやせい
一人きりのなり又金熊といふし石熊といふしとく
二人童子なり大力のくせもののなれは二人ともに鬼力
ちからよりそ何の有もめつらしからす能の
日々に書るつとめ又くれとく思とこそやらく
人の目のは男わさとりるの童子なりとなやみ酒典
童子と是わさとに力つよくいつあつきあそひ
かやうにたはしし　きうとらの石金の河つかもと
何といふにふ屋ありつらを歌舞にてふ座つるとを所次

とく毒にきもしらぬといひて仙郎のはやくうしろて
口惜きことてあらうことそなりしほかやうにおもとこ
ましふかつくゝ身は酒のぬきて娘のあんまいか
らすもくやめぬあけさん心をさらとしてもり殺に
あれのことく大きなる門よ付ぬくすていらぬたくにて
お酒しぬのとこぬ主人つけしけんてふ乱付くすてふ
うしなんとさちとしし流きんてきえてこらくある
そふ風さ風しなしかこ源やなる一人かやらあら娘か
きとらきてかゝるちらし化粧をしつてそかゝはつく
しにてらふつさ善子ふやせとてけらし
かくことそやし留まる

童子はよのしゆかいとく ちよよろこひしかつかのもの
うき世ならめくりさりとかやて酒宴にしくくんを
なくさみつきせかうらつくさもあり方ところ孫にふ
くさもしつとあはれらくしくありゆきさ百あまりあ
ちらりうかれそあしいよちかそれゐまくし
あそし力陽もさしもきてちともすくみえし
得くさらくしくはもしさりみ勢よりおはれかりの
ありし都の事をしはいらあよりさし女房かつらし
ふりあ彩あらり見あたへつまかうらふ
まくあれあすくらり一人つへくり陽へくさけ
にしらへに酒やつきといひさはれしぬえく

いとも色をきゝわけるさくらし里いてさらにいふ
といふうちにせんかたなかはらくゝとりてのみ
ふかやまにいへなりける見えぬ家をそ都も弁しお
そろくこそたのまれけれさてこちるさやうし
かくこ魂さふらいの庭よる所にそおほえける
声をかけけるはしけるとしふかおもくかたいらく
気分めんおもんゆさすして都の月をいかにらんせさ
めそ袖のいゑをさそれておもへるらいるはそれを
くえ涼けふちるく深く思ひかく一人つくん風な
入白し何様にもたい女人せんとくあるか家の童
子うさ知くらりはしまりて国のこともみたくつ民

人もわすれぬ昔は伊勢物語に此おもかけをきゝもとむ
ましまさは右大臣よりかくしかくして通ひ路の関守をすへて此方
こゝろのうちしくしくとなまめかしく色好風流ふかき男にて
男乃業平のたちもきて後家の心ともかはりたるやさしき
くあつて翁自のおもかけをかるくかきらめきく
いろをつくれともあけ一夫ありあるかかへりにかふ
ろはちるつゆあくひとりかん哉ほふかく
年は算計に見へたりありおのゝしれは小袖を
あつきたるあかきところわうふ二人のうすふかくつまほう
こゝろはあはれむかしくとも左右をつくまうちしてたらつく
酒ゆけをさうし艶すかたいそ男かそのいそくかなし事

からあかりをとらへはく筆のもとにかゝしかゝし
うゑにさくおほしけりても打ちはやまさりて打そ給
しれ名ともあしなちゝ見えせ給ふし〳〵つゝそ
おはしける

さて喜多子は人〳〵みなありけるに一休さとりも
魚たてゝこゝにあるなる終り人〳〵こそ出くいちかい
思ひ一方をあふるらしくそありける打貴以下君むかう
い薩摩そる終りける世人ゝてあらはる月をみあるぞや
せきのしかゝやせきのしとあんするかなに喜多子中殿へ
椋は魚人ゝてらは何事なりけれはうちあり終ゝそ
き人近ておつしかんせきとていぬあらくこそ西へし

ふるとしにとめあらんくるとそへといひちらしこらへく
まうけを侍し只めらるゝにかなはすしていふ事なか
風ありて又や家なりいふなりのことしめてしきあ
そうしたちなるもつふさけ一まいらせとしいは
家のふしきにくとしもうけたまはりて大かた侍ふ
こけを食くかさいてこすうつるをそれ人のもちゐ
そのうめは侍らふきまゝかきりなきまつ孝子
さうつきさ候れ於見えすこしおくせすなふくと
うけみらあふらう天名のまくふさうし候く
保器これあしけくのむしろのおほてそくれし家り
こらは緩うけれてぬくゐとうけくはなかめ

はらしきさまつへや あるまつりせうと いひ聞えしほう
さうふはしらきりし君とおはしわかさうくらうに
人のうちにさふ残ゝりえく おさりき事アト
ゐりはたれかあこしらへてまつりせうと いひ兼れか
御覧さしらりて小刀彼ぬさゝく 云て むかしをさき
うこさふふさしてくいかふ むかしみりのうおとの
かいて刀まゐえ縄さしきゝ彼ここく おかすりくらい
家りのふりの人てかきあうさあうちつけの刀ゝそ
ほとてくりとさり家り 御覧しと縄の梅かまうしをみ
てこうしゆるのいけ鬼入しちはさけしさうそしえ
とりく海いりはいありのうみはさきちらけくるていかき

家々の秘蔵の謡ひなるは楽のあまりにうたひてこそ候へ
に家をも申さるゝ事あるまじくとて物語をまうしまち
侍る何のはゞかりかあらさせ一中さへやとの謡ひ
なれば童子大に悦びて入興して中々家なかにも氏
きけるを聞くものも中々さんげしこそありがたく
おぼえければ今はなし縁子して世の中には見え
候すゝめ童子かけしく〳〵こうなのうたひてあるは
せんとなかこそ候へんのごとくおもしけれとさこそ見え
るこゝい家々しかかりしうけりて十余年のうたひて
あまりの入興のや童子申けるに御こゝろあいの人を
まいしもつく都の酒をすゝめんとて國〳〵に尋ね

のこしあはれをそへてきのあはれ二人なからあしたて

まうけ童子か為なるそ頂礼してけるちゆき

ふかくおほしてあはにおもて家よしんともみえねし

名ら給ふくらてやこそはうらへし覚まえのかけり

海ことに残りしるそこうりありいてさりつ更ぷし

さらくごうまり給ふへとそやく銀やおつゝる

りのごうらむ給すむらくうりけ前よ侍へりきんかし

家人そくもしよや付て我によりかくちよ絶而

荒をむくにりんをなくさあ作也こら那孫寶い

人ふへりかいてうまいくれるやくみそらいたのゝも

中斗也何事につけてもふそくとつねあり

里しにいさくおゝう太師といふ色このみ小まちをせち
まつくけし百よか海よりしあ太から孫かけうら紀乃のふか
気れしおそこそめ縁つゝいて人命もつくあらんさ
らんとんのこはよおく〳〵ののましにけし色せりのたくし
かうやとゆ命よこうりぬとらはかなこいろくなる里
てけ百余年かけ百よ後るなりけし女房らちも都
よろまも請してはん人おほく〳〵てこし色らかさゝあひろ
おゝふありいうあゐ代まてにちゆるまくともまさとしかて
しつうりなはかの身のつきとおほくとし都よれ尭とふ
らせりの悲みするいふし人命もさ猶ふかくよなもいせる
我我かなし婦人ふ二人のへよすくれさ人きの人と

分けて天下をまもりなりがたし世をよすくれ候よく
御ことみかどのために家のしるしをもつて所たい
らけすといふ事なしときこゑ給しけんそく
ともしやありておとして又かれからくいらうま物よ
ともおほせぬ忘せりのとしあまた世一定けれ候へとに
御やすめされぬと存さりなましよりも人に候まく
してけんぞくに事をこをし　しんくさせくたいらうま
てんまきうゑ人とかしともしけ殿をハ御つくまいらせ
めくり人ゑ人あの殿こしらへ人ゑゑやうとともて
又つしい家のものやれ御人たちを続て人まいかのにおん覚と
御人にいかゝあらかおそれしやとそや家のもの

おもしろかりしをとりて毎日よみふり見んとすれ
ともしみえさり京りさりしかはしたなるかたみのあ
しえさひたるふやおきなの跡しは宗るはそれしこそあれ
元とやかいかある人あやすくそんせす薗時さやう
の人はるもし不すたくし都にいろくなる
ありやからん銭しかお朝の酒いろのみ山佐てさ
うちまみよ年せり里まてし殺ししめし都へ
のかりて古く上佐きはすまかいてくら
は月かかりくへ猿は落しと風もし風るみの跡へ
おかし酒のすいきやうしとや高きみのあまりを
に伊勢をみてすや宗るは銭祈道のまかるこ

まゐ人をみゝふにたりまゐす四条人の海をこれもゐら
かへてなかまいらせ宮の御のへたよみるにてはそ人
きくおもえつゝ天皇のりのもしふさしにてゝ中かれ
あの夜はるあまつらいまうをこそし人つよすらぬく
見えたりと七絃をさしてそや家る
うへの人てゝ多くも唐人廿日す若き子の若き方よ若き人
孫みつれぬくさうもあまら人倪子世人游つへきそとだ
かしろくたく濁そまうくてあそいゐりへ
こうおほう大師のいてゝ海めらりし事なれ
唐とこすれんしおりいゝてもさやなれ
らやわのし游つら人ともへしかゝのなとゝゆ〳〵

なとかくすつこれをよにちら今すやむすめしらく
いかゝ徳人のかいさうるを一ゝ人といふをせずともある
くちさすへこちゝるものをとくてはかるへきて
あらくゑのかねをもちり徳人になるありさまのありけれは
酒やさうゝのみ事にやなると二三度にた
いくまいてり家り為と徳といふけしゝてとおけ
さうゝゑせんといふにあきんとてはとしともつくりて
にいふ文正か家り子ふしゝ娘ありけるかいへと
かゝる事をふそのきなかりけるか喜ふ酒よろこひたる
まん人ゆゑさしけるぬきさいゝるまん人かとおもひけ
くしうちかたゝ今すかたとあしたよの所りとく

何事あるへきと座敷をたちて見ならへける人と云る
宗易はわたましそこになりちすちあつかられて二尺
一寸ばかり刀のはづるてとかけ給へはお光やうて
見よりて見事り見よ小さまく宗易は縄にかつま
すまぬ
きん所さまは都よりさんへうまつのちやのすきを
あつきて宗易わかる時すく見ありてゆるかおくあるとの
にきうる一ゆうさへて以後さらとて壱子いらくる
に嫁ゑ公へく年をおもる思の名代よ書なきて
風や萩のまへにふきちかすゝ人と二三度なうと
いくらもたかのとらさへてきよしすめ　たり宗易は壱重

てきて少もねらく古きこそめのあまりすやうと
たちしこそこそらあすたくおりりろとのこそや
家るこてにふんをはなる鬼の宝ものの南へそ
くれ文庵よあそこちる書わかけし流乃ことをしを
きこころり文法おらいらりはるていかこらくかんと
重く家れおきてめきつふやさ家りされ其童子
れるよもくかりてそ右まりあるころな童子
ひろえ
のみる酒よくろしれるを我身のたいはおう
たらしくもつ所書そ有人小酒すごめやきれな
我心かいと毎やてあきこそ文家人さ又に入らへあと
て童子か法まつ乃すらくいりくいる処

こゝは宇治里のこなたきはらといふをとこしめく
男ちかき頃の家人そく代々はおかうけぬ
よしありけるに童子一人又たゞ一人ふそてめ人く
妻をも持ずしてあそこかしこを家りけん人にてう
ありしが老母のもと同侶けるが此酒をのまし
しかれば返すゝめ給ひしを一ツとつてさしつかふ
此何をかへるべきにて人やうとこの家に
おゆかしまりしにあらず金をかへるこにけ
うまるよしに何を又鶴丸が罷出て商家にかり
てこそ孫と申家る
此時利売二人の女房をちかつきてのこる者にはなか

ゐなくる家主乃やもとかくありけるとありけるか
ふとたよりくの縁にたよりけ今の妻よくつる
かくはりけの中なとふ人のはしりあめきこえしき
まなくしてもこころしこころ年よなりきたるに
られたるこころみころとせありけるこの人の妻
はくあまたありかみよなるまいめうれ人の
らぬしたまさとゐうるはさやさこくちかくれ
きこえおもはら男の母のありけむよいくるまゐて事にかきよ
うふるこり給ふさそしわかりの母つぶしとかいる
かの妻子ぬおほいうけかくまへ事なにかしかし
なまりし出給ふれくてきたまたえすけはりあきに

うつしけりけりしも、さ見やあと人聲かけ
あまたさゝめつゝけるのとし綱よ為しけり公時
聲かくるよそうちこころして季武まとす
つしとやくにあいへしゆさやけくもうへし也
綱とのあいしれかれ頼光御前の事うけたまはり酒呑童
子こそ多こころくへのうちみつゝやさこそその
あらめとなのりけるのままにかう二人の女房たち
源世なるは頼光の郎等の内渡辺の綱云とや人の命
ろそてあまりとてしうへのめしそとやとめのとの給
と安のしていそきこさあつくへくしもれとしゝゝさらす
うきみしくくこさくを落のとくくまてかへる所へ来り

はゆふにそての介もあらへしとおもへとかくしてぬか
なある今はおもしろくてとやことさもおほかりうつ
ありし后にいりふちにとくのかりかゝしことゝ思はぬ
春の夜こそいつとしはまふくしかほ得え侍るいつゆめし
て御ともおほくせしたまもみなへときつなかなふ
そのとあらはなる若君のへあいなるか桜にちぐふち
やさとゝくふりくきもみてもらいくてとはふらみ
とらる望てともおりなるにけ肉ていへ春子にたいあ
人しかぬるみちんかはもてにちゝもぬるらへは
今ぬかりとここてか得えへおもしちうはるへ
さ夜がゝへおもふいろなかりしへいらてうちゑつゝ今

院とへりなへとかかれもあらぬにかそとこりきこそてか
海ふとは形見て雨しもすゑやなめかりく
しそくしそそおほせける
さらはおゝきなる絵之形御やうにもりく今すつて武人
そのうまはいく人てしく絲ちはくおくよおゑく
人てあふ形見の詩かとしりたとへなきにらく人
みかきものあくかるおりしかゝるぬらふ
まてはこしとやるてあきらいかゝとにるもかくさうこ二
尺一寸あなるちるといふ絲をもてつなく條
鳥かむしさそれおもしかきくゆきつて石こり
とふあるさなかくそうもちあふ縄えかゝき

おとしのくらやのきには愚なる事とてふうちかり
さもあらめ余の人にはしらずかくふかく是として
二人のあはれと存ずるまゝにちからなき事
よそながら給はなる日数かさなりておもひくらしおさめ
江戸名の清水ちくつまの門にたちて其夜の酒
にあまふれて思ひとる者もあらはれかくて
わかものいるりのもとにとゝまりけるを
里たちふかうかりし事なれ
はくつらむつものになりすましにちからもつよく
かくあ給ゑへなかく給りてみすゑかねしき
あかりて入れとしるそのよ無けありなき

河ある里に庭をはしらせ家をまうけて彼のぬきのこる肉
にたかさ十丈斗あるせいろうありあたらしき戸
をしをみてこちらなる人ぬしをわくらし
見物あまた本をはしかく浪に何のあやめもなし
やぶりて入屋敷のこそなかりける籠の内をの
ぞきて見ればまにいつくしくかきくらくこそ
うく桜ふきさかりうなはふきさいまくこなか
やこれはこそあるかいつらかしわいるとみれ
おもかのさそくゆはあとそくけこ十丈斗なるう
かしらふかそくまあやすつけば何くさのなり
をそくそしるうつとしくの見ゆふ思ひけるおしや

さるほどに熊のぬし是をも見給ひてあけ
あまりに女房十人計をまいらせかしづき
まゐらすれどもことにたゞいまをとりてせんつも
ちりすそむしける
けなげなる妻の人にておもひつけしころりさうきさ
つまあらしわれやなるころはあらしとまつの御家
しいくしてかみはあるあかまへと立わたらし叶
御つるゝ小河のきしにちらさるさきさらのほとりをなす
御兄殿下もしらつかはに家はとくなりなりしに人
とふてまことに何としてつかまつりやふり入ぬつかさと云
たさうあるくおもとつきぬ錦のおか家そせん

とく〳〵ねをまくらにありしらうかの山伏
三人ふと来りてこゝにもそはまて入給しぬ袖か
ふ今かゝるとこそおほせ出さりけれは此人ある
無かるまてとて、くろみの外なしうちも無人に何く
てくのあふやうにこゝろしうかの是ふけしはまを付てゝ
方かゝらふ給へかゝるに付ある人の人てなこらし
うかの是こゝらいまうかの里給ふへし断覚かくしと打
給ふ今こそせんとかれ此人あるまくになあるる
無いてくにをかぬまく幸人とらく三人ふね
て見ゆるにはかにされはかせうしもはらのく人へし
くろえぬ死くるまゝ本をも一ぞえくらひゆくには

さくいあくこいらけ家をさんとけさこ人かゝきこけす
風のまゝにせしあふこそゝ紀あれ
おしへのしく十余人此もとしくちをとなし
いとしてかのおふ乃日是よ浅るをいらぬとしさる
しく袖とろく事もあしきてめ人の人てよ多き
まいらいひらし海くらけるてりちきらとい
くちめくくらいしなとうちくあふくてこれすも
おも絡みすさそて二うち三十方ゝる時母さふくら
いろちけみとしあるゝ急をあけめ不かなや
やしかさいれとく捜おりしける事よとてかへ
とおかさあるく人とする所へは室とくせくろてるの

ろうも風ふ無くかしこにうこ候あれかしこすき
もあるすうちられか風とくとくしかなちる
なきさてむそろかなさてもあらすみ人して
うちく無くあまてくふありこなりさてうへか
てんよごにいのなきごくなれく海らりなり
風久しも海らりてこそならいなるみらいの
うへこかちかりくくえのかしふと候
うみはるぬくはそこめ海かかとさき
う無とるもならいなるみけいのちかいそ無すう
星たまふ風候

こゝなくしをかおもおもとし今けんそくのやうにいう
をとうとゝてめん〳〵ふ又かくしられけり妻子權ろ
ありける海さらりをは得りく　あまた名まさる額
に忍ふりいるけんそくとも　おとろきあへりや恩
いる事よ教寺人さりたるの山伏乃まうさるまうし
し　あまよきまりしすかとく〳〵石やうしのやうへ
おあきさうけいらくせあまわるをあえたるしゆく
もらはんかとおほしてし　教覚坊今か
何とし　あまてらうし　をうちぬるよりといさき侍く
たきさ百よらあらり　三大夫みのとにけちをく
しかの名をしをおもしのそせたか〳〵くろし　めで六

なほこそせめあひられさんもらは是とも我身こそ
きはめて大力なれは身にもなまなかすめうはけ
猫を縄にてしばりかゝりてむさと心縄は犬
力みなも及ばぬものなりけるやうつるよりはなかなり
心ぞあひし家ねずみすら縄や下にからめ捕ふけ給はす
てにうち渡下野より北面とよりおもんとらう
らいをおもとしておもひそりそみそめてけむさうり
こらいらりあいそくして家ありそそしてすなべてけ
とうきとくさ茶かうこうりあ銭せちてとちて
中納言大将にてあいけるはきりりしの大力あれ
そりてし今はとて入る家あらいてかまじけん

まくをとゝちくそとしめてゆくまゝとのみすみかへて
のかれくすそけきゝしきりにくのかれくまゝり
さつうゆみかうく惣きけ多何にたくいろき
いとゝしまかりくことりらくらいよかり
うけるう今二人のをのとも米兇ほ鳳鉛うけらく
すゝかりり家にして云人のひて海中によこうり
あそてくもうとぬすく家りてことし宮大事
者にもはなふ一所によりりをもにもの
ちそういまつりてかくなりしあ利にゆくり
かくろきゆかりとてたいあるくもいはなりけるも
かきくかしこふかくすゝ縁かさしころへゆるも

見えしあらう神の中にいとおかしくつゝけ
なくそおかしかる
さうし人をくゝあてみえけるめのとし傾そこのまゝ
すけ事をとらへのなる呼付く五字人のおふ
ともいろちけなるうつとくなとくめ給くた
てみこゑ入今り今の見かきり此歌ういありけ
思ふ文字人のこゝろしときゝつきなるへくなめ
いくうけ入せ人てめてくるく十文字にきりめ
ちりなりもりのとらりかれわらかおにとしおもかさく
うしころにてたとくをうくれふかりいまやかしこて
あふりのもおくりけまはうらしかきてころなかく

のちやうを見れはみな三千万人の女房ともをこしあた
きこりけしんていくさの急も地をえいしなれは
ほまやかきりもきりをけしんをもくらね前
ふ思をもくうつれしぬるもきこてあつてを見
はなけなしるんぬるもちしてちつてみさいあんの
ぜんそうかきりをかんそてしわさいそてまうつんし是
あはいそてゆさる御さきめんくあ紙合もはし
うりしあきみそなの紀あふみわしをせん
うちうらしてこちうこ万ちしはかまつかきしつる所
こころわもかん紀ふはこうしのありし時金銀を
ちりもめちちん万かきしをあさきみちうこうしと

見えしもこれ一時なきこえたえぬ春夏秋冬のたえ
かゝろうし雨もたえかなくらんのそらしくかみ
なりあり岩尾をみえれか人のおもしろきあく
らし花あしおいなおつきらり又ハ人をすしよ
きこゆるはみな思ひしにきこゆるある里寂しにまさるあ
はれしき女房共の見しあさきさかりけり見は
いろすかたのそのあるらん人との後かたしくまな
なくやけるに見てこそかりえねしあふくれけに
こゝろ多をきこゆりちをいくしいさみかうたらん
ふそ給しを時るめけさるなにいてはかとけ人の女
にくくとやりかけしあるなときえんや人にそなた隔しかれ

けしきにあらはるゝせけんの事をはしらさしのかれな
もし数おほくありてあとうちくとくをこゝんとくと
その人ゝの事にある
けからあんそくしらしみすさうあ銭もあるとの銭
わたくしらもちの事ありしれかし去人かくさらし
あふるよ金銀につへし右銀につへしとて一人にせ
しのからかに二人をたのみをさし是とや乃ちも若
ありさうしゆをせあられかくつよく忍いなれかしたのみ
名にはよふしてあふれのことかくあろかうある
うのなにおとわきそこく付くちおし死事ふ
さるうかなきて二人乃者としほすさくもめさす

きこゆるやうにをあへくくらし里河今の人こそあらめ
とかりしもよらぬこゝろまとまとひ花のいろはかく
又めてたき儀はたゝかい周章のさまあさましさいろ
もせさりぬ事ある是し式部保昌に下されけり
さては雲天王寺法師花ともしかるそれいはたゝふ門
きゝてんの世りのありともしく海さ每うしけにあ
しめまことし君やかうちつそりけり式部ハ清也
らしけるはけしかく人々りとやかな里かくしめん引
ありそさ給へさてあめてかりよのいりくいつ風
その時うしろもとかうりくいつとまてしとあはれ
給ひしものかしこむにそめてしるし我さ猶ふかといはさかふ

二人ごうしあいやと悦て大事をいひつけておか
いくあく萬事とおしきおしまて維摩下賞の
身のうちも同銭きうと見あるそ一人より二人はく
よるるく乞うりそり光保昌あそまらお面さ
しとて一人はくよりも一面しそれいたけしと
申つうしとしけうるまいてそあてそりれ

左前

かまいたえつつまさの荷としてあれちきちれあるなやそ
あつてりそりけしごうしふうきうすいかまもし皆
非道自生乃めのとをおれてあらいふ為よ食そよいる
事をたすや以寺おとてそうし　ありれともかなとに

御さくくと侍るかなれ御さ人思ひより神道に
よりものいきの給へ給ふへのみ御心なり
ぬ宿さくは人そくとせうつゝ思ひたまとく見
うせてもはしたなるのとくこゝろにさくす給ふ
うつれたりあまさうにたしいつあるかりあはれて
こなやさくころつるあまへらすとはそなかれん
侍也
さるほとにちかしくにかあへなれたる蜘もしもとる
さやうさにはろしやふかつほたるし御かりつく
こゝしうらしはものをせうらしやかく
とりゝく思ひあそひいつこれもよかなさしけまして

山中よりおくれける三十一字の女房たち
歌しくと懐くかるらぬ山路をたどりいて
路しるの中のものを埋めにしあめのあるれる
おそろしく又母代のくきあもとそかくしるまゆ
まうけの詞乃うき歌ありてそのさもなるかく
てせんちやうくくけよりおくれける

旋頭

はる歌のうち米元保男すにはかなる風てらひ
ともをのせて路し歌をとりまさえくは
これ萬葉家風体にていまにたえなる風情あるも
おちつれ小うた歌もくだりいかにかしきらぬされ

に都合一万余ぞならべてきこえし程ぞかし
めでたかりし上下男女老若遊山のたぐひぞくぞく
まことに見る人もおほく見物に今よりしるしぬ。かなしけれ
しけるにや天下乃大事万民のなげきとやらん承りし
ぬる事は名を末世までも残しけるよしにて
中なる二条河原の里四条河原までにいたる
海だにもそくなかりしよたく稲麻竹葦のごとしか
うるはしみし上つ代みし末代にもあるまじきと
かく目さらぐ古猿の世乃なりけれ人のあはれ
寺中のゆゑからうして銭あるいつもよの道のため
と申しくせありてらるゝまでもなくてすこし

めしなりとも／＼おろ／＼めしあけられ
とある人とならてハいとしめしぬらし
御さうしやいとくなしもきし人のつとへり
しうたにおもうよしつつしつうすれ
きうふもつくしかしたくちうるもの事か
なしみその人々みなさまさま花ちらし
かへるかもくのあけさ今一しほかしそ
お国人さらにしらしかうあへぬ人中まいらて
ゑらのつかりあかれとのとて百姓御あん
あとかくおつみきりてて故光保闇か
はし御中してのすくきとあるしめし

京入道しとのせんしとよされ候なれハ山伏
〳〵すゝかくそ入院せられ候
きゝゝめの見物なり中のもなり候得なるゝき
とこそつ多し出そあとこうしりて三年小なり
ぬ見るもさきあそかくつりようらんとて出らゆうい
しそいそ寺ゆうりしなりめんくそ出ゝの
人もしあい候そあし座そのり物そさし
ふせくのともゆしあ利あよて候こうく
しもたのまなり
ありけのむらしのまつとし恃〳〵つよこういなれし
ちゝき給ましく命あゝくゝくなりせしゝそ

すゑかけとてむかしなつかしみまいらせ候
あまりふかくいくらしく存し詠人のうた
あさましくてのちもとりとてある女房たちへ
わきまへ候はむこのたび返事として
そなたのことも父母よりけふのうけは思
のなりいかほどのみすかやうにいのちありてこそ
よしなしごと天のあはれみやうなるこそ
ゆめそこともいつかある今ははやおけくみちいたはり
くせふうさうそのいとあさんめのおかすふところ
たこ〳〵めでたくそ見え小宰相
為

さてしも形見のせんしゝとかなもり須しゝに
民部は酒をよく好みて世事はおりゝ中文金
かんにんも隠し民部をおさへしにふより
かうらやうかきのほしとをおほり又せいあいう
うらみし凡てらしたらるてあるまくて絶
事ともあらかしの葛うり見へ候ふに一家
みぬるかもしはえつくなきうつけもへゆく
おもしさうさて形見とも申しゆりへてん
さうのけもへさはいて沛門沛んをやて依怙を
しうあへんあめにしけ酒ふけしゆくし住ゝ形見
さ色こまへとありてすへてきこへとかうやく

しゆみせんもかくしかう大しのいゝのまけ
ちゝいありさへ娑婆世界へくだらしや大六天
のまわうなりめいわくのいとゝをやぶり
仏法のたゝめにてこそ娑婆のしろくうきもし
そこへしも事おもしけ人そくあせんとくだりける
とゝくたしかめくるくへまへさいこのせいめいゝて
あまつまてく事みようしとうとうしのあそとそ
アムスル毎見しのゝなりとくしつのこゝろかね御なひと
しもしけ時のまゝとしぬつまて仏法さかのいけいを
人ありきれしけれこのたゝをつくの化身小て
しく百王乃ゆきそへ下生の時まてし仏法

くかくこともしさんなるまゝ我胡の
も
あしよふたのもしくおもひまいらせ候
こ
誠に報えハしり候れ可人へ

解題

『酒呑童子伊吹山系』は、普通の『酒呑童子』が大江山を舞台とするのとは異なり、酒呑童子の住処を近江の伊吹山とする話である。これとは別に、酒呑童子の生い立ちを描いた『伊吹童子』という御伽草子もあり、伊吹山も酒呑童子と深く関わる場所であったことがわかる。『酒呑童子伊吹山系』の内容を示すと、以下のようになる。

近江国伊吹山の鬼神が、都から美しい若い女を奪っていくことが度重なった。公卿詮議の結果、源頼光に退治を命じる。頼光は、貞光・末武・綱・公時・保昌とともに、修験者の格好で伊吹山に赴く。千丈嶽の鬼の宮殿に入り込み、童子に取り入って宴会をする。鬼達をうまく酒に酔わせ、童子が鬼の姿で寝ているすきに、頼光達は童子の首を斬る。家来の鬼達も退治し、生きていた姫君を伴い、都に凱旋する。

『酒呑童子伊吹山系』は、絵巻を始めとする諸伝本が数多く、松本隆信氏編「増訂室町時代物語類現存本簡明目録」(『御伽草子の世界』一九八二年八月・三省堂刊)の「酒巓童子(伊吹山系)別名伊吹山絵詞」の項には、以下のように分類されている。

一　島原松平・狩野元信筆絵巻の転写本(詞書のみ)　大一冊　〈酒呑童子異聞〉

東京博物館・絵巻　大三軸

書陵部・絵巻有欠　大三軸

岩瀬・絵巻有欠　大五軸　《古典室物四・大成二》
舞鶴西糸井・正徳四年写本三巻　半一冊
東大国文・写本（題簽「伊吹山ものがたり」）　大一冊
スペンサー・絵巻　大三軸
二イ大東急・奈良絵本　大三帖　《古典室物四・大成二》
龍谷大・［近世初］写本　一冊　《龍大国文学会出版叢書第四輯》
静嘉堂・写本　大一冊
山岸徳平・同右影写本　一冊　〈古典室物四解題〉
竜門・奈良絵本　横三冊　《竜門文庫善本叢刊八》
根津美術館・［室町末江戸初間］絵巻残巻　大一軸
天理・絵巻（目録題「大江山絵巻」）　大五軸
ロ中野荘次・絵巻　大五軸
ハ天理・絵巻　大三軸
二舞鶴西糸井・写本三巻　半一冊
三　曼殊院・絵巻　大三軸　〈酒呑童子異聞・平凡社お伽草子〉
四　九大国文・奈良絵本　半三帖
五　舞鶴西糸井・文政六年序写本（題簽「丹州大江山」）　半一冊

この一覧は、基本的には松本氏の一覧をそのまま引用したが、《 》括弧内の活字本については、近年刊行されたものを補った。これらの伝本以外にも、絵巻・写本等が数多く存在し、私の手元にもこの系統のものが複数ある。また、古書販売目録には、絵巻類がよく登場している。このように、本物語には絵巻物を中心に伝本が多く現存している。

以下に、本書の書誌を簡単に記す。

所蔵、架蔵
形態、袋綴、写本一冊
時代、[室町末江戸初期]写
寸法、縦三二・六糎、横二三・八糎
表紙、本文共紙表紙
外題、左上薄墨にて「大江山」と打ち付け書き
内題、ナシ
料紙、斐楮交漉紙
行数、半葉一一行
字高、約二九・四糎
丁数、墨付本文、三十六丁
奥書、ナシ

印記、一丁表右下に「小川寿一蔵書」

帙題、「異本伊吹山絵詞」の題簽を貼り付け

なお、本書は、外題を薄墨にて「大江山」とするが、内容的に考えても後補とするべきであろう。また、現代に作られた帙の裏には、古い題簽と思われるものが貼ってあり、「異本伊吹山絵詞」と記されている。本来は、これが題名であったろうが、書名は、通行の題名を使用した。

室町物語影印叢刊4
酒呑童子 伊吹山系
定価は表紙に表示しています。

平成十三年六月三十日 初版一刷発行
©編 者 石川 透
発行者 吉田栄治
印刷所 エーヴィスシステムズ

発行所 ㈱三弥井書店
東京都港区三田三－二－三十九
振 替 〇〇一九〇－八－二一一二五
電 話 〇三－三四五二－八〇六九
FAX 〇三－三四五六－〇三四六

ISBN4-8382-7029-1 C3019